Luisol y las pesadillas

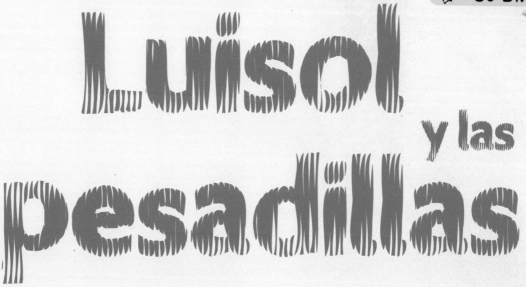

Martha Elena Romero

Ilustrado por María Perujo Lavín

IMPULSO EDITORIAL

SÉLECTOR

Luisol y las pesadillas
© Martha Elena Romero

© María Perujo Lavín, ilustraciones

SÉLECTOR
ACTUALIDAD EDITORIAL

D.R. © Selector S.A. de C.V. 2019
Doctor Erazo 120, Col. Doctores,
C.P. 06720, Ciudad de México

ISBN: 978-607-453-645-4

Primera edición: junio de 2019

Impreso en México
Printed in Mexico

Para Fernando, por los "todos" en los que somos cómplices.

Para Maya, Nina y Sara; mi sol de cada día, tan iguales a mí y tan nadaquever conmigo.

A mis maravillosos padres Faffie, Juan Carlos y Blanca.

A mis abuelos Joan y Morning —William—, por ser grandes soles.

A mi querida multitud de hermanos: J, W, A, D, F, L, D, F y V.

A los Luises, Luisas y soles de mi vida.

Hace poco tiempo, en una ciudad como la tuya,
vivía Luisol. A él le encantaban las aventuras,
pero últimamente había algo que le inquietaba…

Luisol estaba sufriendo de pesadillas a la hora de dormir y ese tipo de aventuras no le gustaban.

Las pesadillas son sueños desagradables que no nos dejan dormir tranquilos y que a veces nos despiertan, que nos hacen sentir tristes y temerosos. Y cuando no dormimos bien pasamos el día siguiente cansados y de mal humor.

Como todas las noches, Luisol se preparó para dormir.
Se despidió de su hermana y de su papá; se lavó los
dientes, se puso la pijama, se metió a la cama y leyó
un cuento con su mamá.

—Buenas noches, Luisol —lo arropó su mamá y le dio
un beso.

—Buenas noches, mamá… ¡Espera! Tengo sed. ¿Me
traes agua, por favor?

Después de tomar un poco de agua le pidió a su mamá que le cantara una canción, que le rascara la oreja, que abriera un poco la cortina de la ventana y que le permitiera que Lilo, su perro, se quedara a dormir en su cuarto. Después de todo esto, Luisol se paró de la cama y... miró debajo de ella.

—¿Qué buscas, hijo?

—Me aseguro de que no haya nada ahí.

—Me da la impresión de que no quieres dormir —dijo su mamá—, pero necesitas descansar porque mañana tienes que ir a la escuela.

Luisol miró una vez más debajo de su cama y con un pequeño gesto de triunfo dijo:

—¡Ahora sí!

Y sonrió de oreja a oreja.

No fue fácil que Luisol se durmiera, pero lo consiguió. Cuando llegó al país de los sueños se encontró con varios personajes interesantes...

Primero, en una montaña altísima, se topó con un dragón enorme.
Junto a él Luisol se sentía diminuto, como una abejita al lado de un
caballo. El dragón parecía estar de muy mal humor, tal vez sería porque
tenía calor, pues no dejaba de echar fuego por la boca.

¡Pppp𝔣𝔣𝔣𝔣𝔣𝔣𝔣𝔣𝔣𝔣𝔣𝔣𝔣! ¡Pppp𝔣𝔣𝔣𝔣𝔣𝔣𝔣𝔣𝔣𝔣𝔣𝔣𝔣!

Luisol empezó a correr tan rápido como pudo, incluso tuvo que saltar una que otra flama para escapar del fuego.

De pronto llegó a un lugar muy oscuro. Empezó a caminar muy despacio, no tenía idea en dónde se encontraba y eso le hacía sentir miedo. Escuchó un ruido extraño… caminó en dirección al sonido de una voz muy rara. Luisol se acercó cada vez más, hasta que vio algo aterrador…

¡Una momia! Era una momia pequeña, casi de su tamaño, que trataba de decirle algo pero Luisol no entendió ni una palabra. Se sintió confundido y no supo qué hacer, así que empezó a correr.

Luisol llegó a un lugar muy iluminado. Allí encontró muchos árboles, plantas y flores; era realmente hermoso.

Escuchó una voz muy bajita, empezó a mover la cabeza para buscarla, de pronto se dio cuenta de que venía de una oruga que estaba en el pasto y a la que estuvo a punto de pisar. Con mucho cuidado se puso de rodillas y se acercó a ella.

"Seguramente, junto a mí esta oruga se siente igual de pequeña que yo al lado del dragón", pensó.

—¿Acaso no ves que estoy tratando de dormir? Además ¡casi me pisas! —gritó la oruga con su débil voz.

—Lo siento. No quise molestarte —dijo Luisol.

—¡Vete de aquí! ¡Vete de aquiiiiiiiií! —gritaba la oruga furiosa mientras rechinaba su pequeña mandíbula y se retorcía de un lado a otro en forma circular; parecía crecer como un remolino.

Su voz bajita empezó a hacerse cada vez más y más fuerte, como si tuviera un altavoz. Luisol no supo qué hacer más que taparse las orejas para tratar de no escucharla. Estaba tan asustado que empezó a gritar:

—¡Aaaaaah!

Se despertó en el momento en que su mamá lo movía de los hombros.

—Despierta. Ha sido una pesadilla. Todo está bien.

Luisol notó que ya era de día, que estaba en su cuarto y que todo había sido un mal sueño.

—¿Ya ves, mamá? Por eso no me quería dormir, siempre tengo pesadillas. ¿Por qué existen las pesadillas? No lo entiendo.

—Esa es una muy buena pregunta. Creo que tú mismo encontrarás la respuesta. Te voy a compartir un secreto que a mí me ha funcionado desde pequeña: el ahuyentapesadillas.

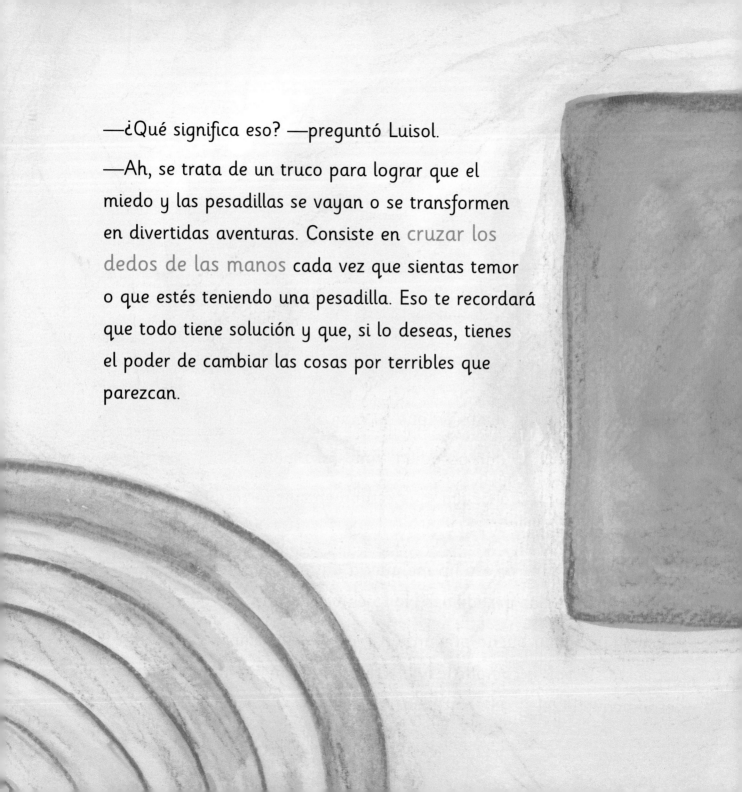

—¿Qué significa eso? —preguntó Luisol.

—Ah, se trata de un truco para lograr que el miedo y las pesadillas se vayan o se transformen en divertidas aventuras. Consiste en cruzar los dedos de las manos cada vez que sientas temor o que estés teniendo una pesadilla. Eso te recordará que todo tiene solución y que, si lo deseas, tienes el poder de cambiar las cosas por terribles que parezcan.

Luisol pasó el día deseando que fuera la hora de dormir. Cuando llegó el momento de acostarse se preparó como de costumbre y le dio las buenas noches a su familia. Esta vez se iría a la cama sin ayuda de mamá, pues ya no sentía el miedo de la noche anterior, sabía que contaba con un arma poderosa: el ahuyentapesadillas, y estaba ansioso por usarla.

Se quedó dormido y en poco tiempo empezó a soñar. Lo primero que notó fue que en esta ocasión lo acompañaba su perro Lilo, por ello se sintió feliz de no estar solo y empezó a caminar junto a su amigo. No tardaron en toparse con el temido dragón, pero inmediatamente Luisol recordó el truco y cruzó los dedos con todas sus fuerzas.

El dragón quiso lanzar fuego, pero en vez de lumbre, de su boca salieron flores y algodones de azúcar de todos colores. Las flores eran tan perfumadas y los algodones tan dulces, que atrajeron a cientos de abejas y mariposas que se posaron y caminaron sobre él haciéndole cosquillas.

El dragón no podía controlarse y empezó a reír. Entre más reía, más flores y algodones de azúcar le salían, y así más abejas y mariposas llegaban a él. Y entre carcajadas, el dragón dijo:

—Gracias, Luisol, ahora ya no tengo calor; además huelo rico y tengo muchos nuevos amigos.

De pronto se encontró frente a la pequeña momia. Luisol volvió a cruzar los dedos, pero esta vez no sintió miedo. Lilo comenzó a juguetear con la momia, jalándole las vendas hasta que se las quitó todas. Se dio cuenta de que debajo de ese disfraz terrorífico había una niña tímida y sorprendida.

—Gracias, Luisol; gracias, Lilo, por haberme liberado de tantas vendas, no saben lo incómodo que eso puede llegar a ser.

Luisol ya sabía cuál sería su siguiente parada. Llegó al jardín de la oruga, pero esta vez no la encontró. Buscó entre el pasto con mucho cuidado para no pisarla y Lilo ayudaba olfateando desesperado, pero no había nada. De repente, una pequeña mariposa se posó sobre su hombro, se acercó a su oreja y le susurró:

—Ahora que he podido dormir, estoy de mucho mejor humor y soy feliz porque tengo alas, discúlpame por haber sido tan descortés contigo.

Voló hacia la nariz de Luisol y la besó.

Esa mañana Luisol despertó descansado y
muy feliz, igual que la oruga cuando
se convirtió en mariposa. Con ese
sueño maravilloso se dio cuenta
de que todo tiene solución,
que las pesadillas existen pero
podemos transformarlas en
sueños divertidos, y que los
pensamientos agradables
son más poderosos que el
miedo.

¿Tendrás pesadillas otra vez? Tal vez,
pero si eso ocurre, ya conoces el truco del
ahuyentapesadillas. Recuerda cruzar los dedos
y usar tu imaginación.

Y ahora, ¿ya tienes ansias por irte a dormir?

Luisol y las pesadillas, de Martha Elena Romero, fue impreso en junio de 2019, en los talleres de Cosegraf, S.A. de C.V. Progreso 10, Col. Centro, C.P. 56530, Ixtapaluca, Estado de México.